タイムス文芸叢書
011

テラロッサ

しましまかと

沖縄タイムス社

もくじ

テラロッサ　5
[詩作品]　てぶらぷら　104

第45回新沖縄文学賞受賞作

テラロッサ

街は、まだ微睡みのなかだった。真夜中の喧騒が嘘のような繁華街の裏路地に満ちた朝の静寂。は、とうに早起きな蝉のけたたましい鳴き声にかき消され、容赦なく照り付ける八月の太陽が、寝ぼけた街のアスファルトを溶かし出そうとしていた。しかし、観光客で賑わうにはまだ早く、大抵の店がシャッターを閉めているか、開店の準備を始めるところだった。

男は車から降り、店の重い扉を開けた。たった今仕入れてきたであろう食材の袋を店のなかへと運んでいく。一通り荷下ろしが終わると、車を隣の契約駐車場に止め、バックミラーで髪型を確認する。ワックスがかかったツーブロックを念入りに整えると、車から出て店の前で足を止める。そして、短く整えた顎鬚を撫でながら、店の外観を眺めた。

アイボリーの壁に、レンガ造りのアプローチとマホガニーのドア。オリーブの木の傍にある窓際には、年代物のワインが背比べをするように並んでいる。いつもと何ら変わりない風景。男は、店内から箒を取り出すと、コンクリート上の砂埃に混じった煙草の吸殻一つと蝉の抜け殻一つを掃き、塵取りですくって捨てた。そして、再び顎髭に手をやると店のなかへと入っていった。

外の眩しさから一転、店内の暗がりに慣れるまで少々の時間がかかる。ホールを通り抜け、キッチンの電気をつける。床掃除をし、テーブルをアルコールで拭き取る。ダークグリーンのエプロンを閉めると、手首から指先まで丹念に手を洗った。そして、本日のメインである肉料理の仕込みに取り掛かる。

男の名は、金城陸といった。国際通りの路地裏に佇むイタリアン居酒屋 Taverna Terra Rossa（タヴェルナ・テラロッサ）のオーナーである。地元の大学に通うも、ヨーロッパへの一人旅のため休学し、じっくりと時間をかけて卒業した後、県内のリゾートホテルに就職。雇われの身に息苦しさを覚え、二年で退職。その後、学生の時に虜になった地中海の味が忘れられず、東京の高級リストランテに働くも、魚の下処理と食器洗いで一年が経過し帰郷。県内の飲食店でキッチンのアルバイトを二軒勤めた後、三十一歳で看板を上げた。

誰にも気を使わず、自分の好きなものに囲まれ、自分が好きなものを作れる自分だけの空間。敷居の高いリストランテではなく、誰もが気軽に行けるような居酒屋、タヴェルナを構えたのだった。

この日、タヴェルナ・テラロッサは開店一周年を迎えようとしていた。いつも通り午後6時からのオープンだが、7時からは高校の同級生たちの飲み会の予約も入っている。

無論、開店までの道のりは簡単なものではなかった。あらゆる手段で資金を集めてなんとか手に入れた十坪の居抜き物件。それでも、那覇の市街地なので、値段はそこそこ張る。近くにあった農連市場が閉鎖されて数年が経ち、日々開発が進んでいる。改装費やその他諸々の準備費用も馬鹿にならなかった。ゼロどころかマイナスからのスタートである。開店から一年経った今でも、ローンを返済するまでの売り上げには程遠かった。

陸が開業の準備に奮闘している間、妹は嫁ぎ、弟は県外の企業に就職し既に責任のある仕事を任されていた。一人これ以上親の世話になるのも気が引け、陸は実家を出ることにした。

「あんた、一人暮らししたら生活大変じゃないの。店が落ち着くまで、ここにいてもいいいんだよ」

心配する母の声に一瞬心が揺らいだが、結局家を後にし、市内の古びた1DKのアパートを借りた。

盆も近いというのに、親戚の集まりに顔を出す気など毛頭なかった。酒の入った席で飛び交う「よう、金城の長男。今何してるのか」、「結婚はまだか」などといった詮索の言葉や、お節介な憐れみの視線が鬱陶しいのである。

それでも、客足が少ないわけではなかった。それなりに常連客も付くようになり、女子会やデートの予約も入る。グルメサイトや雑誌に載せて以来、観光客がふらっと入ってくるようにもなった。インスタグラムのフォロワー数も少しずつだが増えてきている。本格派イタリア料理通には物足りないであろうが、一般受けする程度の味と手頃な価格設定は客の足を引き留めた。

狭くともセンスの効いた店の雰囲気も手伝っている。白い壁には所々レンガがあしらわれ、チョークで描かれた食材やワインの絵、ドライガーリックやドライフラワーが飾られている。天井にぶら下がるガラスボウルのランプは、薄暗い店内をオレンジ色の光で包み込んでいた。

店の大半の家具や小物は、インテリアの仕事をしていた元恋人、佳奈の趣味である。佳奈だけは、この店のオープンを心待ちにしていた。二人で店を出すことも真面目に考えたが、佳奈の両親はそれをあまり快くは思っていなかった。それでも佳奈は、仕事の合間を縫っては、ホールなど店の切り盛りを手伝ってくれた。しかし、結局その後、「ごめん」と泣きながら陸のもとを去っていったのだった。

陸は、肉を切ると何か物足りなさを感じ、脂っぽい手を洗ってキッチンタオルで拭き取った。二人で立つと背と背がくっつくほど小さかったキッチンも、一人では充分すぎるほど広く感じられる。

陸は、スマートフォンでネットラジオを開くと、ジャズのチャンネルに合わせた。高音質のスピーカーからウッドベースが軽快なリズムを刻み、ピアノが遊びだす。陸は、スウィングに身を任せながら、赤い豚肉の切り身に刻んだガーリックとローズマリーを刷り込み、オリーブオイルを馴染ませる。

――クソッ、今に見てろよ。

ミーバイの鱗とはらわたを取り除くと、陸は無性に一服したくなった。オープンまでは、まだまだ時間がある。鞄から電子タバコを取り出すと、勝手口へ向かった。

ズック、ズック

今日も聞こえる。陸は、電子ボタンを押し煙草をくわえながら扉を開ける。

ズック、ズック

何重奏にも渡る蝉時雨のなかに、リズミカルなビートが際立つ。煙を吐き出しながら、相変わらず眩しい外の世界に目をやった。

やはり、今日も来ていた。店の敷地内にある四畳半ほどの畑のなかに現れたのは、紛れもなく老婆の姿だった。

つばの縁が解けた麦わら帽子をかぶり、首には黒ずんだタオルを巻いている。どこかの中学校のものであろうトレパンの裾は、タイトに長靴のなかに収まっている。曲がった腰をさらに丸め、自前のヘラで根から雑草を取り除いていた。

「おざーす」

陸の声は届いていないのか、無心で背の低い雑草を抜き続ける老婆。その背中に、男は一際大きな声をかける。

「おはようございます」

今度は届いたのか、むくっと皺だらけの顔を上げた。表情を変えることなく顎を少しだけ上げ、また下を向いて作業を続けた。


半年前の二月、風が強く、沖縄にしては寒い、どんよりと曇った日だった。陸は、佳奈にふられてからというもの、今一仕事に身が入らない気怠い日々を送っていた。いつものように、店の外観をチェックし、掃き掃除をしていると、何やらズックズックと音が聞こえた。裏に回ると、見知らぬ老婆がヘラを持って草を刈っているではないか。

行く行くはハーブやオリーブを植えようとしていたが、店を一人で回していくにはガーデニングまで手が及ばないのが現実だった。客からは見えない位置にあることもあり、雑草が生い茂り始めていた矢先だった。

あまりにも当たり前のように草を刈っているので、声を掛けるのも忍ばれた。街のボランティアの類かもしれないとしばらくそのままにしていると、いつの間にか老婆の姿は消えていた。

ところが、週に一回、多いときは二回現れてヘラを動かし、やがて草一本生えない更地になった。草の下から露わになった土は、思っていたより赤みがかっていた。

「あの、すいません」陸は思い切って声を掛けてみた。

老婆には聞こえていないのか、しゃがんだままだ。ヘラで土を掘り起こしては片手でそれを掴み取り、小指から順序よく掌を開き土をほろほろと落とした。

「いつもこんな綺麗に草刈ってもらって、ありがとうございます」

老婆は、表情一つ変えず、土を一つまみ掌に乗せ、二本の指で擦り始めた。掌の土を食い入るように見つめて、老婆は小さな声で何かをぶつぶつと唱えている。

「この土が、どうかしました?」

老婆は陸の問いかけには反応しなかった。

「おばさん。もしよかったら、朝ごはんでも食べてってくださいよ」

陸が言うと、老婆は皺の寄った眉間にさらに深い皺を寄せ、首を振った。

「じゃあ、何とお礼をしていいか」

「バイオレット」

老婆が、初めて陸の目を見て、しゃがれた声を返した。

「バイオレットって、これ?」

陸が驚いたように煙草を吸う素振りを見せると、老婆は深く頷いた。

その日から、畑仕事と煙草の取引が始まった。老婆は姿を見せては、ヘラ一本で畑を耕した。深く掘り起こし、表面の土と混ぜ合わせる。時々我を忘れたように、指で土を擦り合わせ、何かを呟く。そして、またふと我に返ったように土を耕した。

畑を耕した後は、その対価として陸からバイオレットが手渡された。陸は、煙草を切らさぬよう、仕入れの帰りにはコンビニに寄ってストックした。

バイオレットを手にした老婆は、より一層働いた。肥沃に耕された土を盛り、小さな畝を三列作った。どこからともなく持ち寄った鶏糞を土に混ぜ合わせ一週間ほど培養させると、今度は種をまき適量の水をやる。また、老婆は畑の角に穴を掘り、店から出た生ごみを入れるよう陸にいった。陸の放り込んだ野菜の皮や魚の骨は、肥料となって土に還っていくのだった。

種から出た芽は、次々と若葉をつけ青空へ背を伸ばし、また蔓を持つものは力強く地面や支柱を這っていった。老婆は、雨の降る日以外はほとんど毎日通い、植物たちにじょうろで水をあげた。早朝の朝日と冷たい水を浴びる植物たちは、さも気持ちよさそうに老婆の手に身を委ねていた。

雑草が生えようものなら、すぐさまヘラで抜き取った。害虫が寄り付こうなら瞬時に捕殺した。実際、陸は、老婆が毛虫に苦しむ隙を与えず、ヘラの平らになった部分で叩き潰す瞬間を目撃したことがある。ヘラは、時に凶器と化した。

陸は、植物を育て上げる老婆の愛情、いや、執念には一生かけても勝てやしないと思った。

あれから数か月が経過した現在、四畳半のスペースはすっかり島野菜が生い茂る賑やかな畑と化した。ゴーヤーは勿論、シブイにンスヌバー、ネリ、島ラッキョウ、シカクマメまでが老婆の手塩にかけられ、旬を迎えていた。

島野菜のなかに、一際涼しげでふわふわとした細かな葉が陸の目に留まった。

「フェンネルも植えたんすね」

陸は、老婆の曲がった背中に話しかけた。

「ぬー?」

老婆は背中を向けたまま問い返した。

「フェンネル」

陸は、風に微かに揺れる葉先を指さし、大きな声で言った。

「イーチョーバーなー?」

老婆は、ちらりとフェンネルを見た。

「ヌーネルか、へーネルかわからんしが、イーチョーバーやさ。胃腸が弱ってるときに効くわけよ」と、陸に目を移した。

イタリアンやフレンチで、特に魚料理に欠かせないフェンネルが、昔から沖縄で重宝されていたことに陸は小さな感動を覚えた。

「ばあさんはこれ、どうやって食べるんすか」

「ボロボロジューシーさ。細かく刻んでから、米と他の野菜とトゥーナー入れて一緒にたじらすわけよ」

陸は幼い頃、亡くなった祖母がよく作っていたボロボロジューシーを思い出した。フェンネルが入っていたかどうかは記憶していないが。

「うり」

老婆は、はさみで一束のフェンネルを根本から切り取ると、立ち上がり陸に差し出した。

「えっ、いいんすか」

「とー」

老婆は手に持ったフェンネルの葉を、陸に向けて揺らした。

「あざっす」

――ってか、一応俺の店の敷地だし。

「うり、くれーむっちいけー。食べ頃よ」

老婆は大きなシブイを指さした。

「まじか。じゃ、遠慮なくいただきます」

陸は、はさみでシブイを茎から切り離した。まるで人の頭のようにずっしりと重い。おまけに、食べ頃のシブイをもう一つ切り落とす。

「だー」

老婆がにんまり笑う。例のおねだりだ。

——ちゃっかりだな。

「ちょっと待ってよ」

陸は、店に戻るとストックの山からバイオレットを三箱渡した。

「いー」

老婆は満足そうに頷くと、少女漫画の如くキラキラした目でバイオレットを受け取った。そのヘビースモーカーぶりは、陸のニコチン摂取量を上回っていた。

陸は、土がついた取れたての野菜を手に、キッチンへ向かった。ここのところ、老婆は旬の野菜をこうやって提供してくれる。まさに、産地直送のオーガニック島野菜である。おまけに、昔ながらの調理法まで教えてくれるのだ。

冷蔵庫には、先日取れたネリや島ラッキョウもある。量は多くはないが、間違いなく料理のアクセントにはなる。

「こんにちはー、宅配でーす」

玄関先で男の声が聞こえた。食材の仕入れ先である。陸は、顔馴染みの中高年の宅配人をキッチンへ通した。箱のなかには、完熟トマトや数種類のチーズ、ハーブや調味料がどっさりと入っていた。

「はっさ、シブイよ。あんしまぎさんやー」

宅配人がシンクからはみ出しているシブイを見て、目を丸くして言った。

「そうなんすよ、今さっき庭から採れて」

陸は得意気にいいながら、納品書にサインした。正確には、老婆が育てたシブイだが。

「いいはずよ」

そう言うと、宅配人は、代金と納品書の控えを受け取って、「あんしぇーやー」と軽トラックに乗り込んだ。

気づけば、オープンまでそう時間はない。陸は、納品のあったものを所定の位置に置き、朝作ってきたサンドイッチで軽く昼食をとった。二個のうち、一個を老婆に差し入れようと裏口を開けると、すでに老婆の姿はなかった。ただ、バイオレットの微かな匂いが漂っていた。

陸は、外の水道で野菜を洗い始めた。手洗のなかで、透明な水が土の色に染まっていく。やはり赤味がかっていた。赤土はあまり肥沃でないと思い込んでいたが、こんなに立派な野菜が育つのだから、そう悪くはないのかもしれない。

陸は店内に戻り、ンブイをあと二回水洗いすると、皮を剥いて小さく角切りにした。続いて、半分のフェンネルをメインディッシュの付け合わせに大きく切り分けた。そして、残りは細かく切り刻む。

——今日は、リゾットにフェンネルを入れてみよう。

狙い目は、イタリア風ボロボロジューシーである。

一通り仕込みが終わると、陸はチョークで本日の看板メニューを黒板に書き込み、店の表に出した。頭上には、Taverna Terra Rossa の看板が誇らしげに掲げられている。

陸は、顎鬚を撫でると頷いて店内へと戻り、スマートフォンを開いた。そして、冷蔵庫から取り出したティラミスとパンナコッタにミントを添え、写真を撮影し、インスタグラムにアップした。

「おかげさまで1周年！っということで、ドルチェがサービスでついてきます！本日18時オープン♪」

午後六時、玄関の取手に掛かったボードをCLOSEDからOPENにすると、間もなくマホガニーのドアが開いた。

「いらっしゃいませ」

一組の男女が奥の席に着く。

「へー、お洒落なお店だね」女が店内を見渡す。

「そうそう、前から気になってたってさ」と男は格好つけたように返す。

「本日のメニューです」

陸は、メニューブックを手渡した。

「わあ、美味しそう」

「好きなの選んでいいよ」

「でも」

「気にすんなって。記念日なんだし」

二人の世界のなかで、メニューブックをなぞりながら悩みはじめる。

しばらくすると、陸は二人の席へ向かう。

「ご注文はお決まりですか」

「コースでお願いします」と男。

「かしこまりました。本日のスープは『島オクラのミネストローネ』になります。アンティパストはいかがいたしますか」

「えー、『サーモンのカルパッチョ』と『タコのマリネと島野菜ピクルス』で」と男。

「かしこまりました。パスタはいかがいたしますか」

「自分は『海の幸ペスカトーレ』で」と男。

「私は……、『ウニのクリームパスタ』でお願いします」と女。

「では、本日のセコンドピアット、メインはいかがいたしますか」

「『アグーのローストアリスタ』と『ミーバイのアクアパッツァ』一つずつお願いします」

「かしこまりました。本日、一周年記念につき、サービスでドルチェを一品お付けしていますがいかがいたしますか」

「え、ほんと？　じゃあ……ティラミスで」

男は喜ぶ女の姿を嬉しそうに眺めながら、「白ワインを二つ」と言った。

陸は、注文を復唱すると、メニューブックを受け取り調理に取り掛かる。その時、常連の中年女性が二人入ってきた。

「りっくーん。また来ちゃった」

「おっ、マダム。毎度ありがとうございます」

「テラロッサ、一周年記念おめでとう」

そういって、二人は後ろに隠していた花束を差し出す。

「いや、そんな」

陸は驚いた声を出す。

「インスタ見たよー。スイーツが食べ放題っていうからさ」

二人とも悪戯そうな目で言う。

「適いませんね」

陸は参ったように笑い、深々と頭を下げて花束を受け取った。

二人は慣れた手つきでメニューブックをめくり、思い思いの料理を注文する。

「私は『うりずん豆サラダ』と『アグーのヒレカツ』で」

「私は、『ホタテとシブイのソテー』と『シースヌバーのマルゲリータ』にしよっかな」

「あと、パンナコッタとティラミスもね」とウィンク。

「了解。飲み物は？」

「もちろん、ワインで。今日は白の気分」

「私はスパークリングで」

陸は、カウンターのなかで手際よくパスタを茹で、ピザの生地を窯に投入し、仕込んだ肉や魚料理を火に通していく。

「もう、私そっちゅうここ来るようになってからさ、旦那が今日はどこ行くのかってヤキモチ焼くわけよ」

「はっさ、いいはずよ。私たち夫婦なんて、この年なったら一切互いのこと干渉しないからよ。で、何て言ったわけ？」

「道子とクラシックコンサート行ってくるって。まさか、毎回美味しい料理と、おまけに若い男の子に逢いに行くなんていえないさーね。ねえ、りっくん」

「はあ」

陸は愛想笑いを浮かべながら、まだ微かに芯が残るアルデンテに仕上がったパスタを鍋からあげる。

予定の七時から三十分が過ぎると、同級生たちが続々と入ってきた。

「いらっしゃい」

弘太朗と裕也。続いて、大志と真希が夫婦で登場。珍しく高校から付き合い見事にゴールインしたカップルだ。全員、この店のオープンに駆け付けてくれたメンバーである。

「うぃー、お前意外と髭似合うやっし」弘太朗が茶化す。

「だろ」

陸は、顎鬚を撫でながら目を細めた。

「遊んでそう」と学年で一二を争ったモテ男、裕也がにやにやしながら言う。

「やーには言われたくないな」陸が返すと、いつも笑顔で大柄な大志が、けたけた笑う。立派な二児の父親である。

「子どもたちは?」と陸が聞くと、「ばーばーに預けてきた」と、真希が実家の方向を指さした。丁度そのとき、手の中のスマートフォンが鳴り、真希が画面に目を落とす。

「あっ、葵からだ。あと三十分ぐらい遅れるって」

葵は、高校時代、陸が思いを寄せていた子だった。仲のいいグループのなかにいたが、当時ミスターにも君臨した野球部の先輩と付き合っていた彼女には、帰宅部の陸になど振り向いてもらえなかった。高校卒業後も、葵には彼氏が途絶えなかった。ところが、開店当初、最近彼氏と別れたと聞いた。まだ陸には彼女がいた頃だった。

――今、葵はどうしているのだろう。

陸は、少し鼓動が高鳴るのを覚えつつ、皿に料理を盛りつけ始めた。ピンクサーモンの周りに色とりどりの島野菜たちが咲き乱れる。仕上がった皿と飲み物を、カップルとマダムたちの席に運ぶ。

「ごめーん、遅くなっちゃった」

少しウェーブのかかったマロンカラーのセミロングヘアを揺らして、葵が現れた。相変わらず、ふわふわしたパステル系のコーデが似合う。三十を過ぎても可愛さは健在である。

「りーくー、久しぶり」

小さく手を振る葵。愛称を呼ぶその透き通った声と、魅惑の笑顔にロックオン。

「おう」陸は、目を逸らしながら答えると、皆に向かって「ご注文はいかがいたしますか」と聞いた。

「飲み放題で、料理は陸のおすすめ八品コースがいいよな」と皆を見渡す弘太朗に、「いいね」、「それでいこう」と全員異議なし。

「飲み物は?」

「生!」弘太朗と裕也と真希。

「俺はスパークリングで」妻のハンドルキーパー、大志が泣く泣く言う。

「葵はどうする?」陸の問いに、「じゃあ、赤ワインで」と上目遣い。

カウンターに戻る陸の足取りは、軽快なジャズに相まっていつにも増して軽やかになり、飲み物を準備する手つきも早い。ワインソムリエの如く葵に最も似合う赤ワインを選ぶ。そして、ボトルの底を持ち、片手でグラスに注ぐ。横目でちらりと葵を見ると、一瞬目が合い、はにかんだ。ような気がした。

陸は、素早く五人分の飲み物を運んだ。

「あれ、陸の分は?」と裕也がいうと、「へい、お待ち。一周年を記念して、一年漬け込んだ古酒《くーす》でございます」と、父親の泡盛酒造を継いだ弘太朗が、テーブルの下から樽を取り出し、空のワイングラスにつぎ始めた。

「それ古酒っていわんだろ」と裕也がつっこむ。

「俺仕事中」といいつつ、陸は泡盛が並々とつがれたグラスを持った。

弘太朗が音頭をとる。

「それでは皆さん、タヴェルナ・テラロッサの一周年を祝って、乾杯！」

「乾杯！」

一斉にグラスをぶつけ合う。陸は、葵のグラスに触れた。葵は、少しグラスを下にずらして控えめに「おつかれ」と言った。

葵がグラスを口に運ぶ。そのグラスを持つ手には、シルバーリングが光っていた。

「葵、大事な報告あるんじゃん？」と真希が葵の腕を肘で突く。葵は、照れながら「えー？」と言う。

「何だば」男たちが食いつく。

「もしや結婚？」弘太朗がふざけると、恥ずかしそうに葵が頷いた。

「えー、まじか！　おおっ、ちゃっかり指輪はめてるぜ」

「ゆくしだろ。彼氏できたっていうのも聞いてんけど」

大声で騒ぎ出す男たち。

「だって、まーきーにしか言ってないもん」

「出会って3か月ってよ」とにやにやする真希。

「やばっ、ガチでスピード婚やっし」と、彼女に困らない裕也。「で、お相手は？」

「職場の先輩の紹介で知り合った人」と、恥ずかしそうに葵。

「今日はしにめでたいな。はい、もう一回乾杯！」と、去年結婚した弘太朗。

一人取り残された陸のテンションは急降下。

――淡い期待を抱いた俺が馬鹿だった。

一先ず気を取り直して、料理を運んでいく。前菜、スープ、パスタ、ピザ、リゾット、メインの肉と魚料理の数々がテーブルに並んでは回っていく。飲み物の追加注文も回転が早い。

「これ、うまっ。ワインに合うやっさ」

ゴーヤーと島ラッキョウのピクルスをつまみながら弘太朗が言う。

「なんか、全体的に前より沖縄感出てね？」と裕也。

「さすが裕也。鋭いな」と陸。

「ウチナーとイタリアンのコラボか。いいね」と大志。

「私もピクルスぐらいだったら作れそう。どんなって作るの」と真希。

「いつも作り方だけ聞いて作った試しないけどね」と含み笑いをする大志。

「はあ？何、今日飲めない仕返し？」

「夫婦喧嘩は家でやれ」と弘太朗。

葵は、ひたすらリゾットを食べている。シブイとキノコの素材の味が溶け合う、優しい口当たりの一品だが、今日はフェンネルの独特な香りと味わいが加わっている。

「これ、なんか懐かしい味する」

遠い記憶を呼び覚まそうとするように呟く。

「おしゃれなんだけど、なんかオバーの味がするんだよね。この匂い。何て言ったけ……」

「イーチョーバー」陸が言う。

「そう、それ！」葵の顔が晴れ晴れとした笑顔に変わった。

――憎いぜ、この笑顔。

しかし、自作の料理でその笑顔が引き出せたのなら悪い気はしないのだった。

「そういえば」陸が身を乗り出した。「この野菜さ、イーチョーバーも、シブイもゴーヤーも島ラッキョウも、全部自家製ってば」

「えっ、すごい。全部りーくーが一人で作ってるってこと？」と葵。

「いや、知らないばあさんが作ってる」

「はー？」

皆呆気にとられている。

「半年前ぐらいに、急に店の裏庭でヘラ持って草刈り始めて、種まいて、畑作りよった」

「日本昔話か」と弘太朗。

「お家間違えてませんかって聞いてみたら？」と裕也が茶化す。

「そんな言い方ないでしょ」と真希。「だって、そのおばあさんが作った野菜が、このお店に貢献してるんだよ」

「そうそう。それで、さすがに無料では受け取れんから何か返さんとなあと思ったら、バイオレットがいいって言うばーよ」

「バイオレット？　渋いな」と後ろにのけぞる大志。

「ってか、バイオレットって何？」

首を傾げる真希をよそに、弘太朗が陸の肩に手を回す。

「どうせ来てくれるなら、ご老人よりかは若い女の子のほうが良かったけどな」

弘太朗は、陸の肩を叩きながら続けた。「まあ、バイオレットでいい野菜が手に入るんだったら、儲けもんやんに？　ここはもっと仲良くして、足腰のリハビリのためにも頑張ってもらったらいいやっし」

「でもさ」

ずっと黙っていた葵が口を開いた。

「何でかな」

「何でって？」と陸。

「何でそのおばあさん、ここに来たんだろう」と考え込む。

「別に、他の場所でもいいわけだよね。それなのに、わざわざここまで来て、畑を耕す。何でかな」

陸は、宙を見つめてゆっくり言葉を選ぶ葵の横顔を眺めた。

宴は遅くまで続いた。彼らが最後の客で、締めの頃には午前零時を回っていた。

夫が迎えに来ていると言って、最初に立ち上がったのは葵だった。皆、夫を一目見ようと一斉に外に出る。

「葵がお世話になってます」

夫が、車の中から会釈をした。感じの良さそうな紳士に見えた。二人を乗せた車が遠ざかっていく。

続いて、大志夫婦の車を見送る。弘太朗と裕也は二次会に行くといって陸を誘ったが、店の片付けを放っておくわけにもいかない。陸は、ふらつきながらふざけ合う二人の男たちの後ろ姿を見送った。

一人店に戻った陸は、ドアに掛かったボードをCLOSEDに裏返した。そして、大きなため息をついて顎鬚を撫でた。スロージャズのサックスフォンが咽び泣くのを聴きながら、散らかったテーブルの上の皿を片付け始める。

陸は、俯いて去っていった佳奈の後姿を思い出した。彼女の人生を、後ろから引き留める術など陸は持たなかった。佳奈だって、もう他の誰かと幸せに暮らしているのかもしれない。

——結局、俺の傍にいてくれるのは、この店だけか。

本日の売り上げを計算し、営業日報に書き込む。近頃はまずまずの業績だが、それもいつまで続くかわからない。

陸は、一抹の憂愁と孤独を覚えた。

――このまま、明日も不確かな店と一緒に年を重ね、気が付けば腰の曲がった白髪の爺さんになっているのだろうか。

ふと、赤土のなかに佇む腰の曲がった老婆の姿が脳裏をよぎった。

「何でそのおばあさん、ここに来たんだろう」葵が呟いた言葉が脳内に木霊する。

「あがっ」

食器を漬け込んでいたボウルの水が赤く染まる。考え事をしているうちに包丁を洗おうとして、指先を刃先で傷つけてしまったのだ。慌てて傷口を水で洗い流そうとすると、余計に鮮血が流れ出る。褐色の液体は、赤土のようにボウルのなかにゆっくりと沈殿していった。


翌朝、陸が仕入れを済ませて店に入ると、老婆はすでに畑にしゃがみ込み、作業に熱中していた。

「うーっす」

陸の声は全く届いていない。陸は、しばらく軒下から老婆の姿を眺めることにした。

老婆の小さな体は、よく伸びた野菜の葉に埋もれかけている。陸は、老婆が見やすい位置に少し体をずらした。

老婆は、一握りの土の粒を、少しずつ地面に返していく。そして、またすくい上げ、掌に乗せては指で擦る。老婆は、何かに憑りつかれたかのように一連の行動を繰り返していた。

「おばさん」老婆は何も答えない。

「ここの土、どうっすか」陸の言葉に、心なしか少しだけ耳をそばだてたように見えた。

老婆は、しばらく土を擦るとゆっくりと口を開いた。

「マージやさ」

「マジっすか？」陸の仕様もない洒落に、「赤土さ」と真面目に答える。

「よくもない、悪くもない」老婆は、掌の土をほろほろと落としながら言った。

「クチャを混ぜたら、もっとよくなるね」

きょとんとしている陸を見て、「クチャといったら、ジャーガルという土の下に埋まってる固くて黒い泥のことさ」

「へえ。どこで手に入るんすか、それ」

「昔は、西原とか浦添にもあったが、今も残っているかね」老婆は遠い目をして言った。

「やしが、その土地の土は、その土地で活かすのが一番上等さ。あんすくとぅよ、無理にマンチャーする必要はないわけさ。マージはマージでいいよ」

陸は、店の名前をタヴェルナ・テラロッサにしたのも何かの縁かもしれないと思った。学生時代、地中海周辺で目にした赤い土壌テラロッサは、故郷の赤土を思い起させた。あまり肥沃でないがために、ワイナリーなどの果樹園になることが多いという。いつだったか地理の授業で耳にした馴染みのある言葉の響きとリズムのよさから、軽いノリでつけた名前だった。

「おばさん、ちょっと待ってて」

陸は一度店に戻り、バイオレットをポケットのなかに入れた。そして、椅子の代わりに丁度よいオレンジのビールケースを二つ抱えると、裏庭に戻った。

「一服、どうっすか」

老婆は、陸の手中のバイオレットを見るや否や、目の色を変えてヘラを置き、「いやさっさ」と立ち上がった。そして、重そうな腰を抱えながら逆さにしたビールケースに腰掛けた。

「はっさ、チビぬ痛さぬ。年寄りを労わりなさい」

ビールケースの格子に、老婆の薄くなった尻の皮膚が食い込むのだ。

「はい」

陸は、駐車場まで急ぎ、車のなかからクッションを取り出すと、ビールケースの上に敷いた。老婆はやれやれといった表情で、もう一度腰を掛け直した。

陸は、火を点けたバイオレットを一本老婆に手渡した。老婆は土で汚れた手で煙草を受け取り口にくわえると、一気に煙を吐き出した。チェリーのような、花のような独特な甘酸っぱい香りが広がる。

陸もその香りに誘われて、ポケットの電子タバコに手を伸ばした。バイオレットに比べると今一つ香りが乏しいように感じられた。

「おばさん、お名前は?」

「い?」遠い耳で聞き返す。

「お名前は、何ですか」陸は老婆の耳元で、ゆっくりと大きな声で言った。

「あんたは、女《いなぐ》に名前聞くのか」老婆は顔をしかめた。

別に年齢を聞いているわけではあるまいが、陸は取り敢えず「すんません」と、顎を突き出して謝った。

「島袋カマ、数え八十四歳」

急に、はきはきと大きな声で、サービス旺盛に答える。

「へえ、お若く見えますね。七十代と思いましたよ」

陸は正直のところ、ほとんど予想通りだったが、少し大げさにおべっかを言った。

「今《なま》ぬ若いのは、あんだぐち上手だね」

老婆は、満更でもなさそうに口元を緩ませ、無数の皺を浮かべた。

老婆の気分がよくなったと見えたところで、陸は続けた。

「カマさんは、この近くに住んでるんですか」

「あんたは、女《いなぐ》に住所まで聞くのか」

「いや、毎日のようにいらっしゃるんで、遠かったら大変だなと思って」

「仏壇通りのすぐ近くさ」

仏壇通りとは、つい数年前まで仏壇専門店や漆器店が立ち並んでいた通りで、ここからそう遠くはない。

「兄さんは、まーん人《ちゅ》か」

「那覇っす。あっ、紹介遅れてすいません。俺、金城陸っていいます」

カマは自ら聞いておきながら、陸の自己紹介には反応せず、再び煙草をくわえた。

しばらく、煙とともに沈黙が充満する。

陸は、地面に転がる取手まで鉄製の錆び付いたヘラを眺めた。

「そのヘラ、丈夫そうっすね」

「くぬヒィーラなー。いー、後生《ぐそー》にいる夫《うとう》が鉄ぐゎー溶接してつくりよった。これ一本あれば、何でもできるからね」

確かに、名前はカマだが、鎌を持ち歩いているのも、鍬で耕す姿も陸は見たことがない。

「まぎー畑とか農家だったら、耕すのは機械の仕事であるがね、小さい畑だったらヒィーラでも間に合うよ。沖縄の昔人《むかしんちゅ》はよくこんなに上等むん作ったねと思うさ」

畑仕事のことになると、カマは身を乗り出して、意気揚々と話した。

「カマさんは農業に詳しいけど、農家のお仕事されてるんすか」

「はー?」

「カマさんは、普段、ハルサーしてるんですか」

カマは目線を落とし、深いため息とともに煙を吐き出した。陸は、また何か間違ったことを聞いただろうかと思った。

「もう辞めたよ」

カマは、寂しそうに笑った。

「ずっと野菜つくって、農連で売っていたけどよ」

「農連って、昔の農連?」

「はっさ、つい二、三年前まで、こっちにあった農連さ」

カマは、かつての農連市場の方向を指さした。陸は、無意識のうちに「昔」と使ってしまったことを後悔した。長年生きてきたカマにとっては記憶に新しい場所なのだ。

学校帰り、陸もよく農連市場を横切った。昼間は人通りも少なく寂しい場所だった。軒を並べる錆びたトタン屋根に、深く淀んだガーブ川。ただ、その迷路のような複雑な構造は、かくれんぼやドロケイには、絶好の場所だった。

「新しい農連に行く話もあったけどよ、潮時だったわけさ。農連と一緒にハルサーも卒業したよ」

煙草を持つ老婆の手の甲には、紫色の毛細血管が樹齢を重ねたガジュマルの根のように複雑に絡み合いながら這っていた。土のついた人差し指と中指の間に挟まれた三分の二ほどの長さになった煙草からは、一筋の煙が真っ青な空に誘導されながら立ち上っていく。

カマは、ゆっくりと口を開いた。

カマは、浦添村の貧しい家に三女として生まれた。畑で生計を立てるほかなく、子どもたちは皆畑仕事を手伝った。しかし、男手が足りず、女ばかりでは跡継ぎにもならないので、両親は行く末を案じていた。

カマが生まれた五年後のある日、待望の長男、盛栄が誕生した。しかし、小さく生まれた盛栄は、体が弱く度々熱を出した。両親は、長男をガラス玉のように抱きしめ、たいそう可愛がった。特に母親の愛情は悉く絞りとられ、長男に注がれた。

カマが小さな手で掘った分も、カマには売り物にならなかった固くて小さな芋や葉しかあたらない。中身が詰まった大きな芋は、盛栄だけがありつけるものだった。

仕方がないのだと、カマは自らに言い聞かせながら、錆びついたヘラでひたすら芋を掘った。マージのなかで、ふくふくとした太い芋が育っている。カマは、ひもじくて鳴くお腹を必死に押さえた。

――この芋も、盛栄のものなんだ。

学校から帰ると、友達と遊ぶ暇もなく畑を手伝った。そして、休みの日には姉たちと一緒に籠いっぱいの野菜を頭に乗せて歩き、那覇の泊まで売りに行った。マージで取れた出来のいい芋や人参、豆は、高く売れた。しかし、台風などで不作が続き、状態の悪いものばかりになると見向きもされず、大量の売れ残りを再び担いで帰路を辿るのだった。

カマの煙草がもうじき尽きそうなので、陸はもう一本の煙草を差し出した。

「こんな昔の話、若いのには退屈でないか」老婆は苦笑いを浮かべながら、新しい煙草を受け取った。

「いや、そんなことないっすよ」

陸は、祖母から生前、過去の話などほとんど聞いたことはなかった。自分からせがんだことは勿論、祖母も自ら語ろうとはしなかった。

カマは、ゆっくりと麦わら帽子をはずした。そして、再び煙草をくわえた。

陸は、カマの横顔をゆっくりと目でなぞった。微かな風で、白波のように白髪が揺れる。ガッパイ岳を象る額から渓谷を下り、睫毛がまばらな瞼にたどり着く。無数の皺で重くなった瞼は、若かりし頃、くっきりとした二重のミンタマーだったことを想像させる。透き通りそうな灰色がかった瞳は、定まらない宙を見つめる。

——その瞳には、何が映っているのだろう。

陸は、カマの言葉を待った。

カマがすぐそこまで迫る戦争の足音を聞いたのは、九つのときだった。十・十空襲の後、学校でも県外への疎開が募られ、姉二人は九州へ行くことになった。まだ四つで学校に上がらない盛栄は疎開には行けず、盛栄の子守り役にカマまで残されることとなった。

間もなく地上戦が始まった。父は防衛隊にとられ、母と盛栄とカマの三人になった。昼は壕や墓に隠れ、夜になると着の身着のまま裸足で南へと移動した。

カマは、まだ小さな弟の手を引いた。飲まず食わずの生活に、弟は日に日に痩せ細っていった。母は、唯一の息子を死なせまいとただただ抱きしめた。

ところが、逃げる途中、母が砲弾の破片で足を負傷してしまった。傷口は化膿し、何度取り除いても蛆が沸いてきた。

「カマー、もしものことがあったら、私を置いて逃げなさい。盛栄を頼むよー」

その言葉を最後に、艦砲射撃のなか大勢で逃げまとううち、びっこを引く母と逸れてしまった。来た道を引き返して探してみたものの見当たらず、まさかと思って地面に転がる複数の死体の顔を見たが、母らしい人は見当たらなかった。

しかし、悲しみに暮れる暇はなく、カマは盛栄の手を引いて前に進むほかなかった。降り続ける雨が赤土を溶かし泥となって流れ出す。辺りには、血の匂いと腐臭が漂っていた。

盛栄は、母と逸れてからさらに痩せ細っていた。裸の上半身にはあばら骨が浮かび上がり、お腹は水が溜まったように膨れあがっていた。

「ねーねー、やーさんどー」

盛栄は、棒切れのように細い足でしゃがみ込んだ。勿論、食べるものなど持っておらず、周りを見渡しても畑は焼き尽くされ、作物一つ見当たらなかった。

「あとちょっとしたら、ガマに着くから。そしたら、何か食べるものもあるはずよ」

「本当?」

カマはなだめすかすように頷いた。しかし、盛栄は、地面に腰を下ろし、座っているのがやっとだった。

「ねーねー、もう歩けないよー」

とろんとした虚ろな瞳は定まらず、か細い声で囁く。今にも寝入ってしまいそうだ。

「ならんどー、こんなところで寝たら。ほら、あと少しだから」

カマは弟の手を取り奮い立たせようとしたが、これ以上歩く余力など残っていなかった。

「だー」

カマはしゃがんで自らの背中を差し出した。盛栄をおんぶして、よろけながら土を踏みつける。雨の降る夜空には、時折稲光のような閃光が走り、爆撃音が聞こえた。

――母ちゃんに頼まれたのだ。盛栄を守り抜かなければ。

使命感と同時に、背中に押しつぶされそうな重みを感じる。母の愛情も、何もかも弟に奪われた一つ一つの場面が思い出された。

カマは、ひもじくてしかたなかった。空腹すら通り越して、頭がぼーっとする。

――盛栄さえいなければ、こんな思いをしないで済んだのに。なんで私だけ……。

細く小さくなった盛栄の体は軽いはずなのに、やけに重く感じられ、カマは耐えられなくて降ろした。

土の上には、だらんと力のない盛栄の手足が横たわり、数匹の蠅が止まった。

「盛栄」

体をゆすっても、瞼一つ動かない。

「盛栄、もう少ししたら、ガマでゆっくり寝れるからよ」

カマは、もう一度盛栄の重い体を持ち上げ背負い込もうとするが、石像のように動かない。背後には、爆撃音と火の海がすぐそこまで迫っている。

いつからか、カマの後ろに見知らぬ老婆が立っていた。老婆は、カマの横に座り、盛栄の骨ばった冷たい頬を撫でた。そして、俯いて首を横に振った。

「辛いけど、諦めなさい。ここにいたらあんたまでやられるよ」

「ぬーが、盛栄は眠っているだけだのに」カマは、震える声で盛栄にしがみついた。

「ここで寝かしてあげなさい。もう、火がそこまできているよ」

老婆は、その場から動こうとしないカマを抱きしめ、力づくで手を引いた。

カマは、じりじりと大地を焼き付ける炎を掻き分けながら、朦朧とする頭で老婆の手に引かれた。一滴の涙も出ないまま、ただ影のように彷徨い歩いたのだった。

さっきまであんなに晴れていたのに、いつしか忍び寄っていた黒い雲から雨が落ち始めた。二人の腰掛ける位置は、ちょうど軒下で雨をしのいだ。水を欲していた植物たちに、雨が降り注いでいく。

「何も食べさせてやれなかった。盛栄も、母ちゃんも、うちを恨んでいるはずよ」

カマは、土に目を落とし、歯を食いしばった。

「うちは、弟を見殺しにしたんだ」

「いや、カマさんのせいじゃないっすよ。戦争だから、仕方なかったんじゃないすか」

「『仕方ない』……」カマは、陸の言葉をなぞった。

「『仕方ない』の一言で片づけられたら、どんなに楽かね」

雨は、乾いた地面に水玉模様を残し、土を濃い褐色に染めていく。土が溜め込んでいた息を吐き出し、地面からむわっとした蒸気が湧き上がる。雨と土が入り混じった匂いがした。

終戦後、カマは老婆とともに南風原で捕虜にとられ、石川の収容所に送られた。カマのテントには働き盛りの成人が少なく、親から逸れた子どもや年寄りが目立った。そのため、カマも配給用の芋掘りを手伝った。僅かな取り分が与えられると、決まって老婆は、「あんたは若いんだから、もっと栄養つけなさい」と言って、自分の分までカマに分け与えた。

やがて、カマの噂を聞いて一人の男がその行方を捜していると聞いた。父親だった。摩文仁で捕虜にとられて生きているという。

収容所を出るとき、カマは老婆から父に引き渡された。父は、右腕を失っていた。カマはその話には触れず、父の左手に繋がれて、もと住んでいた場所に戻った。そして、荒れ果てた故郷の惨状を目にした。家があったところは全て焼き尽くされ、広がっていた農地も輪郭すら残していなかった。

「母ちゃんも逝ったって聞いたよ」

父は焼け野原を見つめて言った。

「足の火傷のせいで逃げ遅れて、爆弾でやられたって」

そういわれても、カマは信じられなかった。もしかして、盛栄と一緒にどこかで生きているのではと思った。

「カマー、明日、母ちゃんと盛栄の骨を探しに行こう」

翌朝、父親とカマは、朝早くから遺骨を探しに行った。歩いたことさえない那覇の夜道だったために、どの辺りを歩いていたのか見当をつけるのも難しく、なかなか見当たらない。

散乱した遺骨が集められているという糸満の米須にも足を運んだ。そこには、骨という骨が雪のように積もり、戦後の混沌を物語っていた。そのなかから母と盛栄の骨を探し出すのは困難を極めた。あくる日も、あくる日も足を運び、手掛かりに身に着けていた服や風呂敷を探したが、それらしいものは見つからなかった。

帰り際、カマは父とともに骨の山に向かって手を合わせた。

――盛栄、何も食べさせてやれなくて、独りぼっちにしてごめんね。母ちゃん、盛栄を守れなくて、本当にごめんなさい。許されるわけがないよね。でも、もし二人がどこかで生きているのなら、神様どうか会わしてぃくぃみそーり。

その願いも虚しく、骨にすら会えぬまま年月だけが過ぎていった。

父は、何もない焼け野原に、米兵が落としていったテントの生地を利用して家をこしらえはじめた。カマは、父の右腕として、焼け残った家の廃材を集めるのを手伝った。

丁度家が完成した頃、姉たちが疎開から戻ってきた。互いに無事だったことを喜び、涙を流して抱き合った。カマが思った以上に、姉たちも痩せ細っていた。父と三人の娘たちは、ともに荒れ果てた土を耕した。死んだ土が少しずつ生き返り、作物が育つようになってきた。

生活の目途が立ってきたある日、父は激しい痙攣を起こした。負傷した右腕の付け根から、破傷風が悪化していた。

「カマー、右腕が痒い。掻いてくれないか」

朦朧とした意識のなか、うまく開かない口を動かした。

包帯の上から、蛆が這いずり回っていた。カマは半分目を閉じ、父の何もない右側を、何も言わずに掻くような素振りを見せた。

「ありがとうやー」

父は、そう言って力なく微笑んだ。数日後、三人の娘たちが見守るなか、父は息を引き取った。

父の死後、カマは那覇にある親戚の家に預けられた。姉たちもそれぞれ違う家に引き取られた。それからというもの、カマは親戚の家を転々とさせられた。皆それぞれ生活が苦しく、他所の子を養っていく余裕などなかった。なかには、カマに冷たく当たり嫌がらせをする者もいた。それでも耐えるほかなかった。カマには他に頼る人がいないのだ。存分に学校にも行けず、黙って子守りや家事、家業の手伝いをする日々だった。

十七になったカマは、そんな日々に疲れ果て、家の仕事を終えた深夜から、那覇の街を出歩くようになっていた。街中で煙草を吹かす若者たちを見て、カマも煙草を吸ってみたくなった。初めて吸ったバイオレットの味わいと煙は、カマの悲しみと疲れを癒していくようだった。

そして、いつしか辿り着いたのが、深夜の農連市場だった。市場には、足の踏み場もないほど大勢の客が押し寄せ、真昼のように明るく、祭りのように活気づいていた。農家は三輪トラックから次々と野菜を降ろし、販売する店子たちの周りに群がる。売り手の農家と、買い手の店子が一対一で値段を交渉する相対売りが繰り広げられ、その場で値段が決まっていく。買い付けられた野菜は、仕入れにきた八百屋や飲食業者に飛ぶように売れていった。

——うちは、ここで働くんだ。

カマは、直観的にそう思った。親戚の家を後にしたカマは、期待を胸にむしろを広げ、店子としてのデビューを果たした。序盤から野菜は面白いほど売れ、文字通り大繁盛だった。

しかし、農連生活もそう簡単にはいかなかった。すぐに若い小娘と目をつけられ、周りの店子たちから洗礼を受ける羽目になったのだ。午前二時前に入っても、すでに陣取りが終わっていて、むしろを敷く隙間がないのは、日常茶飯事だった。それでも、負けじとカマは隅っこで売り続けた。ここを去れば、もう行くあてはどこにもない。

「えー、姉さん。噂で聞くと、あんた家族がいないってね」

気の強そうな体格の良い女が、カマを見下ろす。

「私たちには家族がいて、食べさせんといけないわけよ。一人者でそのむしろは大きすぎないか」

カマのむしろの大きさは、女のむしろより明らかに小さかった。しかし、カマは何も言えずに、市場の裏で悔し涙を流したのだった。

そんなカマの心の支えとなったのは、農連に野菜を売りにくる農家の青年だった。名は勇正《ゆうしょう》といった。恥ずかしがり屋で無口だったが、カマには心を許し、作っている野菜のことなど、それは色んなことを話した。また、カマの農連での話も頷きながらよく聞き、励ましてくれた。

やがて、カマと勇正は結ばれ、女の子を授かった。カマの一日のスケジュールは過酷なものだった。午前一時に起床し、夫と作った野菜を三輪トラックに詰め込み、赤ん坊を抱いて助手席に乗り込む。夫が運転する車に揺られながら仮眠をとり、農連に到着すれば、荷下ろしをはじめる。それと同時に、赤ん坊をバナナ箱のなかで寝かしつける。

むしろを敷くと、野菜を広げる前から人が集まる。野菜を出した途端、木箱やセメント袋を持った買い手たちが餌を求める鯉の群れようにひしめき合い、野菜を手にとっては交渉を始める。

「えー、うぬタマナーやちゃっさやが」個人商店を営む中年の男が、キャベツを手に取る。

「あい、『姉さん』と言わないと、安くしないよー」と、カマ。

「お姉さん」

「一玉十五セント」

「高さんやー。『姉さん』に『お』までつけたのによ。もう少し安められんか」

「バナナぐゎー二本シーブンすさ」カマがいうと、「あんしぇー、うり買《こ》ういさ」と合点。カマは、キャベツの横に並ぶ熟したバナナを三本袋に入れる。

こうやって、カマは買い手の心を掴み、常連客を増やしていった。買い取られた野菜は、学校給食でも大いに活躍し、当時腹を空かせていた子どもたちに栄養を与えた。

通り雨だったのか、雨雲は頭上を去り、再び青空が顔を出した。

「農連は、毎日が楽しかったよ」

カマは、目尻に無数の皺を寄せて、遠い日を見つめるように言った。

「仕事を辛いと思ったことは一度もないよ」

「まじっすか」陸は、半ば疑い深げに聞いた。

「ゆくしぇあらんどー」

「人間関係で悩んだりとか」

「はっさ、あるに決まってるさ。毎日喧嘩よ。やしがよ、それも面白いわけよ。とー、自分の手見てみなさい」

カマは、太陽に焼けた手の甲を上にし、指を広げた。陸も後に続き、自らの手の甲を眺める。

「指一本一本、皆形も長さも違うさーね。人間も同じであるわけさ。相手の表情をよく見て、それによって、話し方、接し方も考えていくわけよ」

カマは、もう片方の人差し指で、それぞれの指の第二関節を親指から順序よく押した。

「好きなことをやっていたら、何でも辛いということはないよ」

陸は、すっと腑に落ちたような気がして、煙草の煙を細く長く吐き出した。


やがて、カマは三男二女の五人の子供たちに恵まれる。しかし、子育てをしながら農家と店子を両立させるのは、並大抵のことではなかった。農連で一仕事を終えて家に帰るのは、午前九時だった。子どもたちはすでに学校へ行っている。カマは、皿洗いや掃除、洗濯など一通り家事をする。そして、麦わら帽子を被って外に出ると今度はハルサーの顔になる。夫に負けないほどよく働き、夕方まで畑にいる日もあった。涼しくなった時間、ほんの少し一休みをすると、今度は夕飯と翌朝の朝食まで支度する。家族で夕食を済ませると、もうじきやってくる明日に備えて午後九時には就寝した。カマの睡眠時間は、三時間から四時間にしか及ばなかった。

バナナ箱のなかだった赤ん坊たちは、自ずと自分のことは自分でできるように、しっかりと育っていった。特に上の子たちは家事の手伝いもこなし、下の子の面倒をよく見た。

しかし、忙しすぎるカマには、子どもと過ごす時間が足りなかった。カマは、しばしば畑に出るとすっかり時間を忘れて作業に没頭した。そのせいで、子どもの学校行事や授業参観を何度かすっぽかしてしまったことがあった。

また、普段我が儘を言わない長男が当時県内で唯一の遊園地だった与那原テックに行きたいとせがんだ日も、「父ちゃんと母ちゃんは、仕事で忙しいんだから」と断った。長男は淋しそうな顔で「うん」と言い、二度と休日の遊びをせがまなくなった。

そして、次女の菊子が中学二年のとき、とうとうカマは担任の先生に呼び出されたのだった。

「お母さん、娘さん夜から外を出歩いているんですよ」

「あんやみ」

「えっ、知らなかったんですか」

「すいません」

カマは、穴があったら入りたい思いで赤面した。

「お仕事で忙しいかもしれませんが、きちんとお子さんのこと、見てあげてくださいよ」

カマはその日、学校から帰った菊子に先生に呼ばれたことを話して問い質したが、「別に」と答えるだけで目も合わせない。菊子は、いつのまにか急に大人びたように見えた。

　菊子が遊ぶ時間帯は、まさにカマが農連で働いている最中である。それは、絶好に親の目を盗みやすい時間帯だった。カマは、菊子のことを周りの店子たちに話すと、「任ちょーけー、売るのはわったーがするから。心配《しわ》しないで行ってきなさい」

と背中を押してくれた。

カマは、いつものように農連に出勤すると見せかけ、菊子がよく出没するという公園で待ち伏せた。

しばらくすると、中学生と思しき子たちが四、五人ほど現れ、そのなかに菊子もいた。彼らは、大きな声で話しては笑い、煙草の煙が上がった。

カマは、夜の街を出歩いていた十七の頃の自分と菊子を重ね、血を分けた子なのだと実感した。

カマは、そっと彼らに近づいた。

「えー、にーにー、ねーねーたーや、ぬーそーが？　こんな遅くに」

「はー？」

「たーやが、うぬハーメーや」少年が言う。

——ぬーがハーメーか、やなわらばーひゃー。

今にもそう吐き出しそうだったが、カマは怒りを飲み込んだ。

菊子は、なぜ母親がここにいるのかと驚きを隠せず、目を泳がせている。

「おい、菊子。ここにいるのは、あんたの同士ぐゎーたーか」

菊子は何も答えない。

「やーぬ知ちょーるーな？」隣に座っていた化粧が出来上がった少女が問う。

「知らん」と菊子。

「わんや、菊子の母ちゃんどぅやる」カマは自ら名乗った。

「こんなところで遊んでないで、あんたたちやーさしてないか」

「してる」とハーメー呼ばわりした少年が言った。

「とー、わったー家《やー》に来て、食べていきなさい」

大分腹を空かせていたのだろう、単純な彼らは、すぐに面白がってついてきた。

ただ一人、菊子だけが強張った顔をしていた。

カマは、家に戻るとすぐさま、大量に作り置きしていたボロボロジューシーを温めた。それでも足りなさそうなので、採れたての人参とニラとツナ缶で、そーみんチャンプルーも作った。

皆無我夢中で食べた。さすが、成長期の食べ盛りである。そんな仲間たちの姿を見て、菊子の顔もだんだん綻んできた。

明け方、カマは門まで彼らを見送り、夫に軽トラックで家まで届けさせた。菊子はカマと一瞬目を合わせたが、黙ったまま部屋へ戻っていった。それでも、カマは辛抱強く、公園にたむろする我が子と仲間たちの胃袋を幾度となく満たした。そのうち、菊子は少しずつ母親と目を合わせ、話すようになっていった。

中学三年のとき、菊子が「母ちゃん、高校に行きたい」といったとき、カマは涙が止まらなかった。


雨で一休みしていた蝉たちが、再び一斉に鳴き始めた。

「小さい頃は、母ちゃんが好きじゃなかった。盛栄ばっかり可愛がるからよ。やしが、子どもを育ててみてわかったよ」

カマは、四本目の煙草を燻らしながら言った。

「母親になるのは、簡単ではないって」

カマは、煙の行く先を見つめた。

「今は、母ちゃんを憎んではいないよ。皆生きるのに必死だったわけよ、あの時分は」

カマの煙草の先から、灰が地面にぽろりと落ち、風で飛ばされていった。


子どもたちは巣立ち、次々と家を出ていった。後を継ぐ者はおらず、それぞれの道を進み、各々の家庭を持った。

「ハルサーも、わったー時代で終わりやー」

農作業後、勇正が泡盛で束の間の晩酌をしながら、しみじみと言った。

「でも、これからは二人の時間も楽しめるさ」目に小皺を寄せて、勇正は笑った。

「そうだね、それも悪くないね」カマも笑った。

そんなある暑い夏の日だった。畑の作業中に、勇正が倒れた。カマはすぐさま救急車を呼び、勇正は病院へと搬送された。医者は、一週間持たないだろうと言った。病院嫌いの勇正は、体の異変に気づいてはいたもののカマにさえ明かさず、病院に行かないまま悪化させ、手の施しようがなくなっていたのだ。

それから六日間、勇正は生死を彷徨いながらも最後の力を振り絞ったが、とうとう還らぬ人となった。

勇正が逝ってから、カマは喪主としてやるべきことをただただこなした。忙しくしているうちは、何も考えないでいられた。しかし、一人になると、どうしていつも隣にいながら早く気づいてやれなかったのかというやり切れない後悔と、やり場のない悲しみがカマを襲った。

畑に、沈みかけた夕日が差す。赤土が、さらに赤く照らされた。まだ五十八歳のカマは、これからずっと先も夫とともにこの土を耕していけるものだと思っていた。

勇正のいない畑は、あまりにも広すぎた。

四十九日が過ぎ、まともに睡眠がとれていなかったカマは、なぜか明け方、農連へと足が向いた。朝日が差し込む市場には、仲間たちが待っていた。

「カマー」

「大変だったね」

仲間たちの言葉が、カマの心に染みた。今まで気が張って出なかった涙が途端に溢れ出した。

「とー、思い切り泣きなさい」

仲間たちは、カマを抱きしめた。カマの居場所はここなのだと改めて確信した。

それからのカマは、またよく働いた。夫が生前出荷していた量の三分の一にはなったが、カマは畑を続けた。勇正もそれを望んでいるに違いないと信じた。そして、これまで通り午前二時の農連に入り、野菜を売った。威勢のいい店子の掛け声、売り手と買い手のテンポの良い掛け合い、客や店子たちとの何気ない世間話。それらは、カマの心に少しずつ肥やしを与えていった。


「旦那さんは、このヘラを形見に残してくれたんっすね」

陸は、太陽に照らされた地面の上のヘラを眺めて言った。

「カマさん、愛されてたんっすね」と、陸がカマの顔を覗こうとすると、「どうかね」と、視線を逸らして照れ笑いした。

「やしが、あれと会えたのも、ハルサーを続けてこられたのも、この農連があったからさーね」

カマは、農連市場があった方角をじっと見つめた。

時が経つにつれ、農連市場にも時代の波がすぐそこまで迫っていた。「県民の台所」と呼ばれた聖地は、新しい卸売り場や大手スーパーマーケットに取って代わられ、客足が遠のいた。さらに、建物の老朽化も相まって、移転計画がいよいよ現実になろうとしていた。

午前六時、客が帰り落ち着き始めた頃、かつての話に花が咲いた。

「昔は、あんなに賑わっていたのにね」

「はっさ、盆前はでーじだったさ。サーターは山積み、人も山みたいになって、台車一台通り切れんかったよ」

店子たちは、口々に「あんやたんやー」と懐かしみ、それぞれのエピソードを語っては、笑い合った。

「この農連とも、あと少しでお別れか」

「やぐとぅよ」

「でも、新しい農連ができるさ。あんたたちも一緒に行くでしょ」

「まあ、そうだけど」

「うちも行くよ」何人かが同調した。

「カマーは。あんたも農連続けるでしょ」

カマは、黙った。

「あい、ぬーが」

「うちは、まだわからん」

カマは、自信なく小さな声で答えた。

カマにとって、農連が全てだった。農連のない人生など考えられなかった。たった一人で畑をこの先続けていくのにも限界があった。新しい移転先で店子だけ続ける選択肢もあるが、八十を過ぎて新たな環境に一から順応していく自信はなかった。

カマにとっての農連は、この年老いたトタン屋根の農連だったのだ。

そして、カマは決心した。農連とともに店子を、そして農家を卒業することを。

仲間たちはカマを説得しようとしたが、カマの決意は固かった。カマと同じように、これを機に市場を辞める人は他にもいた。彼らは、思い思いに新しい市場を仲間たちに託した。

卒業の日、これまで世話になった多くの関係者が駆け付けた。農連への感謝と新天地での成功を祈って溢れんばかりの野菜や果物が供えられ、御願《うがん》が執り行われた。そして、互いの別れ、市場との別れを惜しんだ。

――長い間、本当にお疲れ様。いっぺーにふぇーでーびたん。

カマは、六十四年間この場所を見守ってきた農連に手を合わせ、深く一礼した。

カマは、悔いのない澄んだ瞳で農連人生を振り返ったのだった。

「カマさんも、お疲れさまでした」

陸は、カマの壮絶な農連人生を労おうと、一礼した。

カマは、「大したことはしていないがね」と力なく笑った。

「やしがよ、いざ農連辞めたら、何というかね。どこかに、魂落《まぶやー》としてきてしまったみたいになってね」

カマは、シャツの襟元を握りしめた。


カマは、農連の卒業後、今まで働いた分ゆっくりとした老後を過ごそうと思っていた。ところが、いざ農連のない日常が始まると、ひどく物足りなく感じる。思い浮かぶのは、暗闇のなかで蛍光灯が煌々と照らし出す、活気のある農連の面影ばかりだった。

一人分の料理をし、一人分の洗濯物を干してしまえば、他にやることはめっきりなくなってしまう。食卓に座って、時計とにらめっこをする毎日。時計の針は、永遠に時が止まってしまったかのように動かない。カマは、時計が壊れているのではないかと思い、テレビをつけ、画面左上の時刻を見た。悲しくも正確だった。

めったに尋ね人もない。先に逝ってしまう友人も後を絶たないし、元気な店子たちは昼夜逆転の生活をしていてなかなか会えない。

子どもや孫たちも、盆や正月、敬老の日など行事がない限りはあまり顔を出さない。それぞれの家庭で忙しくしているようだった。

夜になると、得体のしれない漆黒の闇がカマを襲った。これまでにも一人きりになったことは度々あったはずなのに、溜め込んでいた寂寥が波となって一気に押し寄せてくるようだった。

布団に入ってもなかなか寝付けず、寝入ったかと思えば、大きな爆撃音とともに、叫び声や赤ん坊の泣き声が聞こえ、火の海が近づいてくる。

「ねーねー、やーさんどー」

盛栄の消え入りそうな声が、やけに鮮明に頭のなかで響き、自らのうなされる声で目を覚ます。

カマは、何度も頭のなかで繰り返される映像を紛らわせようと、これまで以上に煙草を吸った。ストックもほとんど底をついていた。

――バイオレットを買うついでに、たまには外でも歩いてみようか。

二月のある日、風が強く、沖縄にしては寒い、どんよりと曇った日だった。カマは、靴を履いて玄関を出た。厚着をしたつもりだったが、冷たい風が体に染みる。

歩き始めて早々、カマは道に迷ってしまう。街が大分表情を変えているのだ。狭苦しかった通りは徐々に拡張され、綺麗に整備されている。カマは、やっとの思いで農連市場の前に出るが、そこには高い塀がそびえ立ち、クレーンが街を、カマを見下ろしていた。塀の隙間を覗くと、もはやそこに農連の姿はなかった。ただ、瓦礫の山が、重機で運ばれていた。

カマはその光景を見るに堪えず、先を進んだ。どこを見渡しても、直線を描くアスファルトやコンクリートの線が伸びている。そのなかで、たった一人の老婆の腰だけが曲線を描く。カマは、眩暈がしそうになった。

ただ一つ、懐かしい小道《すーじぐゎー》を見つけた。カマは砂漠のなかのオアシスを求めるように、その小道へと誘われた。くねくねと曲線を描く道。並ぶ店はかつてと全く違えど、古い建物をそのまま利用した軒並みは面影を残している。

さらに道を奥に進むと、角に佇む一軒の店に辿り着いた。何の店か探ろうと看板の文字を見ても、横文字など読めやしない。カマは、どこか遠い外国に迷い込んでしまったかのような気分になった。

ふと、ニンニクとトマトの酸味の効いた香りが漂ってくる。

――食堂か。

カマは、後ろ側に回った。そこには、四畳半ほどの庭があった。雑草がだらしなく伸びきっている。

――恥かさぬ、刈りたくなるさ。

カマは、草を刈ったあとの更地を想像した。

――待てよ、年寄りが耕すには、丁度いい広さかもしれないね。

カマは、久しぶりに鼓動が高鳴るのを感じた。

「それで、この店まで来てくれたんすね」

陸は、葵のいっていたカマがここへ来た理由と繋がった気がした。

「それと……」

カマは、言いかけると煙草を灰皿に捨て、「いやさっさ」と腰を上げた。そして、体を左右にひねると、ゆっくりと地面にしゃがんだ。

「それと？」

「何と言おうとしたか、忘れたさ」

カマは取り繕うように笑った。そして、赤土を一握り掌に乗せ、ゆっくりと撫ではじめた。陸はカマが何を言いかけたのか少し気になったが、それ以上問わなかった。

気づけば、時計の針は正午を回っていた。

「そうだ、カマさん。イーチョーバー貰っていいっすか」

「いいよ、好きなだけとりなさい」

「あざっす」

陸は、背の高いイーチョーバーから一掴み取ると言った。

「カマさん、ちょっとだけ待っててよ。すぐ戻るから」

カマは、聞いているのかいないのかわからない調子で、また土をいじりはじめた。

陸は、店に駆け戻ると、エプロンを締めた。シブイとポルチーニと呼ばれるイタリア産のキノコをボイルし、野菜のだしが効いた茹で汁はブロードとして取っておく。鍋で茹でたシブイとポルチーニをオリーブオイルで炒めると、そこに生米を入れてさらに炒める。

——壮絶な戦後を生き抜いて疲れた体に、ほんの少しの命薬《ぬちぐすい》をあげられないだろうか。

全体的にうっすらと焦げ目がつくと、先にとっておいたブロードを鍋に加え、米のとろみがつくまでかき混ぜる。

――カマが菊子たちに作ってやったボロボロジューシーは、どんな味だったのだろう。

米と具が溶け合って、柔らかくなってきたので、細かく刻んだイーチョーバーを入れる。しばらくすると、懐かしい香りが広がる。そこで、塩、胡椒、トマトソースで味を調える。仕上げに、パルメザンチーズを上から振りかければ、特製命薬リゾットの完成である。

陸は、熱いリゾットを皿に盛り、裏庭へ急いだ。畑には、作業をするカマの後姿があった。

「カマさん、お昼の時間です」

「い?」

「食べていってください」

陸は、自分が座っていたビールケースの上に乗せたリゾットを指さして言った。

「ぬーが、気使わなくていいのに」と言っている側から、カマの腹時計が鳴っているのが聞こえた。耳の遠いカマ自身にその音は聞こえていないが。

「いやいや、食べてくんちつけてください」

カマはゆっくりと移動して、リゾットを覗いた。

「ボロボロジューシーな？」

「みたいなもんっす」

「あんたが作ったわけ？」

カマは、リゾットと陸を交互に見て言った。

「はい」

「今《なま》ぬ若い人は、男も料理作るんだね」

一応、ここのオーナーなんでと陸は得意気に微笑む。

「あんしぇー、食べてみようかね」

カマはそう言って立ち上がると、手についた土をじょうろの水で洗い流し、「いやさっさ」とビールケースに腰掛けた。

長い語りの末、腹を空かせていたのだろう。カマは、黙々とスプーンを口へと運んでいく。八十過ぎとは思えない見事な食べっぷりである。しばらくすると、皿のなかのリゾットを見つめて、ふうと息を吐き出した。

「まーさん」

——よっしゃ！

陸は心のなかでガッツポーズした。

「イーチョーバーが、いつもよりハイカラーな味するね。ボロボロジューシーにトマトというのは、珍しい」

巨匠に認められたような喜びがある。

「カマさんが作ったシブイも入ってます」

カマが頷きながら一瞬顔を曇らせたのを、陸は見逃さなかった。そして、口をむにゃむにゃさせた。

「やしが、あっさりぐゎーそーんやー。とー、食べてみなさい」

カマは、自分が使っているスプーンを陸に差し出す。若干の抵抗感と戦い一瞬戸惑ったが、言われるがままに、目を瞑ってそのスプーンでカマの皿から一口食べた。

――言われてみれば、どこか物足りない。

「イーチョーバーは滑らかくするために、油を多くしたほうがいいわけよ。そうだね、隠し味にうっぴぐゎーバター入れてみなさい」

思いもよらぬ提案だったが、案外合うかもしれないと陸は思った。

「師匠、あざっす」

カマは、満更でもなさそうな顔で鼻を膨らませて笑いながら、さらにスプーンを動かす。

カマが食べている間に、陸もリゾットをかき込んだ。そろそろ仕込みに取り掛からなければ、オープンに間に合わない。

カマは、陸とほぼ同時にリゾットを平らげた。そして、陸が二人分の食器を片付けようとすると、「ありがとうやー」と片手を上げて言った。

「こっちのセリフっすよ。色々話してくれてありがとうございました」

「考えたら、こんな話は家族にもしたことないね」とカマは寂しそうに笑った。

「また、色々教えてください。師匠」

「早く仕事しれー」

しっしという素振りをしながら煙たそうにあしらうカマに、「はーい」と悪戯に笑い返し、陸は仕事へと戻っていった。

深夜、店を閉めると、陸はいつものように売り上げの計算を済ませ、片づけを始めた。ＢＧＭをスローからアップテンポなジャズに変える。サックスフォンとドラムのスネアが暴れ出す。

カマの言ったとおり、リゾットにバターを加えるとコクが出て、イーチョーバーとうまく絡み合った。客からも評判がよかった。肉や魚料理のようには目立ちはしないが、今後、「イーチョーバーとシブイの命薬《ぬちぐすい》リゾット」として、裏看板メニューにできるかもしれない。

カマが作った天然の野菜に、昔ながらの知恵というスパイスが加わり、陸の手でアレンジしながら作り上げる島イタリアン。

——「畑人《はるんちゅ》カマおばーの島野菜×タヴェルナ・テラロッサ」の絶妙なコラボレーション。悪くないかも。

しかし、沖縄の飲食店市場はそう甘くはない。街にはありとあらゆる飲食店が溢れ、イタリアンのお店も少なくない。さらに、沖縄の食材をふんだんに使ったイタリアンカフェなどもすでに新しくはないのが現状だ。

事実、開店前の市場調査に行った際、島野菜で本格的なイタリアンの味わいを出している店を陸はいくつか知っている。調理師免許もなければ、イタリア現地での修行の経験もない陸には、味だけの勝負では到底太刀打ちできない。

では、いったい何で差別化を図るのか。

——カマおばーしかいないっしょ。

戦前から戦中、戦後を生き抜いてきたカマ。畑と農連人生をかけて島野菜に生きたカマのライフストーリーを寝かしておくには、あまりにも勿体ないと、陸は戦略を練り始める。

まずは、グルメサイトでカマとのコラボのキャッチコピーを謳う。そして、SNSでカマの日々の農作業の様子や、採れたての野菜、料理などをアップしていく。

――地元の雑誌や新聞社なんかの目に留まって、取材なんか受けたりすることもあったりして。

ジャズは、ドラムのソロパートに差し掛かっていた。陸は、洗いかけのお箸を流し台に軽く打ち付け、リズムを刻みながら妄想を膨らませる。

――カマだって、人寂しい晩年の日々を送っているのだ。きっと刺激が欲しくて、この店に足を踏み入れたに違いない。これは、カマにとっての新たなビジネスチャンスでもあるのだ。「沖縄のおばー効果」で、観光客は勿論、地元の幅広い年齢層の客の心も掴めるに違いない。人見知りではあろうが、慣れてきた頃に出すカマの笑顔は何とも愛くるしい。あの愛嬌で、異色の看板娘、いやマスコットばあさんとして一躍有名になるに違いない。そうとなれば、バイオレットだけでは報酬が足りなくなるだろう。店の売り上げもよくなることだし、それ相当の報酬を与えなければ。まあ、そんなことは後で考えるとして、まずは明日、早速ＰＲ用の撮影会を決行しよう。
陸は、ジャズのビートに自らの高鳴る鼓動を重ねた。

翌朝、陸が仕入れを終え、店の前で顎鬚を撫でていると、今日も聞こえてきた。
ズック、ズック
陸は、ポケットからスマートフォンを取り出し、Taverna Terra Rossa の看板が入るよう、斜めの構図から自撮りした。
――悪くない。

陸は、いつも以上に決まっているツーブロックに手をやりながら、スマートフォンを片手に裏庭に回った。

カマは、作物の間に根を張りはじめた短い雑草を、神経質そうにヘラで取り除いている。陸の気配には気づいていない。

陸は、できる限り自然なカマの作業の様子を収めようと、シャッターを切る。

試しに撮ってみた一枚。麦藁帽子に、黒ずんだタオル、長靴のなかにタイトに収まる中学校のトレパン姿。

——なかなか格好いいな。

カマは、ヘラを置くと、よくそうするように土を掌に乗せては、戻す動作を繰り返す。陸はすかさずその真剣な眼差しも捉えた。背景をぼかし、焦点をカマとその土に集中させるように、一眼レフモードで撮影。

今度は、「いやさっさ」と重い腰を持ち上げ、じょうろで野菜に水をやる。愛情深く、まるで成長する我が子を見守るかのような表情をズームイン。

陸は、連写の勢いで容赦なくシャッターを切った。数枚撮っては、画面で確認する。

——さすがカマおばー、映《ば》えるやっさ。いや、俺の腕がいいのか。

カマは、陸にはまるで気づいていないようで、それは自然そのものの表情と動作を見せてくれる。

「カマさん、おざーす」

陸はスマートフォンをポケットに忍ばせ声を掛けるが、今日もカマの耳には届いていない。

「おはようございます」

カマは、陸の大きな声をとらえると、笑みを浮かべて少し顎をあげる。

陸は、カマの表情に心なしかほっとした。

「カマさん、あとでまた一服しましょう」陸は調子のいい笑顔で言った。

店の掃除を終え、仕込みの区切りがいいところで、陸はバイオレットの箱を持って裏庭に出た。

カマの畑作業は続いていた。再び、我を忘れたように土を撫でている。

「カマさん」陸は大きな声で呼びかけ、手に持ったバイオレットの箱を振った。

カマは、「あい」と手を上げると、「後から吸うさ、置いときなさい」と言った。

今日は、いつにも増して土いじりに集中しているようで、その場を動こうとしない。

掌の土を眺めながら、カマは呟いた。

「土が、遠くなったね」

カマは、土の粒子まで観察するかのように、目を細めた。

「どういうことっすか」

「昔は、どこでも土を踏みつけて歩いたのに、今はずっと下の下に埋っているさ」

確かに、どこを見渡しても辺りはアスファルトやコンクリートだらけだ。当たり前すぎて、これまで考えもしなかった。

「こんにちはー、宅配でーす」

業者が仕入れにきた。

「ちょっと、行ってきます」

陸は、店の表に回った。いつもの従業員が箱を抱えて立っている。陸は、箱いっぱいの食材を受け取り、サインをする。

「昨日はウンケーだったけど、客はどうだった？」

そういえば、世の中は旧盆の真っ最中だった。

「まあ、どっちかというと、観光客が多かったすね」

「やっぱりね。明日もいつも通り？」

「はい、オープンします」

「ウークイだから僕は休みだけど、若いのが来るからさ。あんしぇーまたやー」

従業員は、陸からペンを受け取ると耳の上に掛け、トラックに戻っていった。

陸は箱のなかの荷物を店に運び、必要なものを冷蔵庫に入れた。そして、カマが発した言葉の意味を思い巡らせながら、裏庭に戻った。

その間に、カマは帰ってしまっていた。陸は、カマのことだから、お昼に重なると陸に気を使わせてしまうと帰ったに違いないと思った。

深夜、店を閉め片付けを終わらせると、陸はスマートフォンを開いた。友人からのくだらないメッセージに返信し、付き合いのある店の宣伝に「いいね」を押すと、撮影したカマの写真を見ようとギャラリーを開いた。

一枚目を開く。何の変哲もない店の看板に、陸の斜め四十五度。次の写真にスライドする。

「あ?」

なぜか、写真を開くと真っ黒に表示されて見られない。確か、遠目で試しにカマを撮った写真である。次も、その次の写真も真っ暗だ。

――ファイルが壊れているのだろうか。

陸は、もう一度ギャラリーを起動し直した。一覧で見ても、画面は黒くなっている。ファイルを一つ一つ開くと、やはり自撮りした写真は見れるが、その先の写真が表示されない。

陸は、試しに店内の写真を撮ってみた。オレンジ色の光を放つガラスボウルのランプに、チョークアートと立ち並ぶワイン。なんら問題なく普通に写っている。

つまりは、偶然かもしれないが、カマが写っている写真のみが見れないのである。

陸は、首をひねったが、あまり深く考えないことにした。

——明日になったら、直ってるかもしれないし。

そう自分に言い聞かせ、スマホを閉じると、陸は店の電気を消して、玄関を閉め、一人アパートへと向かった。

夜更け過ぎ、陸は夢を見た。

陸は、夕方の仏壇通りを歩いていた。道の両側に並ぶ漆器店の前には、テーブルが広げられ、瑠璃色の花瓶や香炉《こうろ》が並べられている。日中照り付けていた日差しで、アスファルトはまだ熱を持っている。歩いていると、汗が噴き出してくる。

しばらく行くと、懐かしい光景が見えてきた。淀んだガーブ川に、今にも壊れそうな水色の橋が架かり、歪曲したトタンの軒並みに繋がる。農連市場だ。幼い頃遊んだあの古びた木造のままだった。陸は、正面から暗い市場のなかへと進んでいく。あちこちに、野菜や果物の箱が詰まれ、その上にカーテンや布が被さっている。傍には、巻かれたむしろが立てかけられていた。真夜中、賑やかにここで野菜が売り買いされている様子が目に浮かぶようだ。

ふと、積まれた野菜箱の間から、茶と黒のトラ猫が陸を覗いている。ここで美味しいものでも食べているのだろう、まるまると太っている。陸が近づくと、横道へ逃げていく。体は重そうだが、動きは素早い。陸は、なんとなく後をついていった。猫は奥へ進み、突き当りを左に曲がった。そして、さらに奥に進み、今度は右に曲がる。

――農連って、こんなに広かったっけ？

しばらく行くと、草の生い茂る小道に出た。すでに市場の敷地内から外れている。

夕日はほぼ沈みかけ、空は深い紫色に染まっていた。

——引き返そうか。

しかし、猫はその小道さえも突き進んでいく。陸は、もう少しだけ猫に付き合うかと道を進む。先を行くと、やがてアスファルトの道は途切れ、舗装されていない砂利道が現れた。獣道と呼んだほうが相応しいだろうか。しかし、誰かが繰り返し踏んでいる形跡はある。猫は、その軟体を活かして自由自在に林のなかを駆け抜ける。

——裸足か……。

当たり前だが、裸足で気持ち良さそうに歩き回る猫が、陸はなんだか羨ましくなってきた。そして、小洒落た重い革靴を脱ぎ捨てた。慣れない砂利道で少し痛みがあるが、地面が湿っているせいか、冷たくて気持ちがいい。

——裸足で地面を歩くなんて、子どもの頃以来かもしれない。

そんなことを考えているうちに、陸は猫を見逃してしまった。辺りを見渡したが、どこにもいない。

ズック、ズック

遠くで、何やら聞き覚えのある音がする。

ズック、ズック

陸は、音のする方向に進んでいく。やがて、地面にしゃがみ込む、小さく丸い背中が目に飛び込んできた。カマだった。

カマは、素足で地面を踏み、ヘラを持って土を掘っている。そして、土を握りしめては、地面に返す。いつものあの行動を繰り返していた。

「カマさん」

陸は、そう声に出しているつもりなのだが、声にならない。カマのもとへ行こうとしても、急に年老いてしまったかのように、体が重くて動かない。

ふと、あたり一面が煙で白んでいくのに気づく。馴染みのある匂いが陸を取り巻く。バイオレットの香りだ。煙はだんだん濃くなり、カマの姿が見えなくなっていく。

陸がもう一度カマの名前を呼ぼうとすると、声にならない声が届いたのか、カマが陸に振り向いた。灰色に透き通るその目からは、一筋の涙が頬を伝っていた。

陸は、自分の声に目が覚めた。どうやらうなされていたようだ。冷や汗を掻き、Tシャツがべっとりと体に纏わりついている。

——夢で、よかった。

陸は、Tシャツを脱ぐと、コップ一杯の水を飲み干した。

その後、寝ようとしても、あの夢が繰り返し頭のなかで蘇る。そして、最後に見せたカマの涙が頭から焼き付いて離れない。空が徐々に白んでいく。結局一睡もできぬまま朝方を迎えたのだった。

重い頭を抱えながら、陸はいつも通り仕入れを終え、車で店へと向かった。ラジオをつけると、ウークイ特集をしている。薄々気づいてはいたが、陸はあまり盆を意識しないようにしていた。それにしても、昨日の写真といい、夢といい何かがおかしい。陸は、髪型を整えるのも忘れ、顎鬚を撫でながら店の前に辿り着く。

ズック、ズック

今にもあの音が聞こえてきそうだが、蝉の鳴き声しか聞こえない。

――また、土を撫でているのだろうか。

陸は、重い足取りで緊張しながら裏庭に向かおうとする自分が急に滑稽に思えた。

――何をビビってるんかい。

陸は、自分にツッコんだ。あれはただの夢である。スマホだって、所詮機械である。調子の悪いことなんていくらでもある。いつものように笑顔で「おざーす」といえばいいのである。そう自分に言い聞かせ、陸は裏庭に回った。

麦わら帽子と長靴の老婆の姿。は、どこにもなかった。そこには、青々と育った瑞々しい野菜たちと　一つのヘラしかない。

陸は、地面に転がったヘラを手に取った。太陽の熱で熱くなり、赤土がこびりついている。ついさっきまで、カマが握っていたようにさえ感じられた。陸は、そっと、もとあった場所にヘラを戻した。

その日、陸はふとバイオレットの香りが漂ってきたような気がして、カマが来ていないか何度も裏庭に足を運んだが、姿を見せることはなかった。

夕方、陸は仕込みを終えると、溜息をついて、二つ並んだビールケースに腰掛けた。カマが座っていたケースには、バイオレットの箱が載っている。一本だけ残っていた。陸は、ポケットからライターを取り出し、火を点けた。馴染みのある甘酸っぱい香り。吸うと、底知れぬ深みのある草花のような味わいが広がる。ここに座って、土を眺めながら語っていたカマの姿が目に浮かぶ。

一筋の煙が、煙草の先から薄紫色の空へと立ち昇っていった。

てぶらぷら

うずうずうずめく
はたはたはためく
そらそらあおぞら
チムチムドンドン

からから空っぽザック

うわさ話
時計
カメラ
誰かがススメた音楽
みんな置いてけぼって
ぷらぷらひとりぼっち

お気に入りの花柄ブラウス
クラッシュジーンズ
新しい赤いスニーカー
ガラスのピアス
誰に見せるのでもない

横道小道
きみどり自販機
くるくる洗濯物
ありありマチヤグヮー
タンナファクルー
トントントタン
ミーバイおばさん
コトコトやちむん

原っぱ広場
パタパタ小学生
投げ捨て自転車
だまし絵水たまり

アフリカマイマイ
ボサノバにーにー
しけしけ古本
まどろみのら猫

あの子に見せたい
あいつと笑いたい
それもいいけど

今日だけは
まかまかひみつ
ぷらぷらひとりぼっち

いいね！
風が微笑む
トゥイート
小鳥がさえずる
らららパレード！

てぶらぷら
わたしのために
ほんの少しの
てぶらぷら

下を向いてる間
逃がしてしまった

笑い声
夏の匂い
風のシルク
木の葉のダンス
夕焼けジュース
両手いっぱい
かき集めるため

新沖縄文学賞歴代受賞作一覧

第1回（1975年）応募作23編
受賞作なし
佳作：又吉栄喜「海は蒼く」／横山史朗「伝説」

第2回（1976年）応募作19編
新崎恭太郎「蘇鉄の村」
佳作：亀谷千鶴「ガリナ川のほとり」／田中康慶「エリーヌ」

第3回（1977年）応募作14編
受賞作なし
佳作：庭鴨野「村雨」／亀谷千鶴「マグノリヤの城」

第4回（1978年）応募作21編
受賞作なし
佳作：下地博盛「さざめく病葉たちの夏」／仲若直子「壊れた時計」

第5回（1979年）応募作19編
受賞作なし
佳作：田場美津子「砂糖黍」／崎山多美「街の日に」

第6回（1980年）応募作13編
受賞作なし
佳作：池田誠利「鴨の行方」／南安閑「色は匂えと」

第7回（1981年）応募作20編
受賞作なし
佳作：吉沢庸希「異国」／當山之順「租界地帯」

第8回（1982年）応募作24編
仲村渠ハツ「母たち女たち」
佳作：江場秀志「奇妙な果実」／小橋啓「蛍」

第9回（1983年）　応募作24編
受賞作なし
佳作：山里禎子「フルートを吹く少年」
第10回（1984年）　応募作15編
吉田スエ子「嘉間良心中」
山之端信子「虚空夜叉」
第11回（1985年）　応募作38編
喜舎場直子「女綾織唄」
佳作：目取真俊「雛」
第12回（1986年）　応募作24編
白石弥生「若夏の訪問者」
目取真俊「平和通りと名付けられた街を歩いて」
第13回（1987年）　応募作29編
照井裕「フルサトのダイエー」
佳作：平田健太郎「蜉蝣の日」

第14回（1988年）　応募作29編
玉城まさし「砂漠にて」
佳作：水無月慧子「出航前夜祭」
第15回（1989年）　応募作23編
徳田友子「新城マツの天使」
佳作：山城達雄「遠来の客」
第16回（1990年）　応募作19編
後田多八生「あなたが捨てた島」
第17回（1991年）　応募作14編
受賞作なし
佳作：うらしま黎「闇の彼方へ」／我如古驟二「耳切り坊主の唄」
第18回（1992年）　応募作19編
玉木一兵「母の死化粧」
第19回（1993年）　応募作16編
清原つる代「蝉ハイツ」

佳作：金城尚子「コーラルアイランドの夏」
第20回（1994年）応募作25編
知念節子「最後の夏」
佳作：前田よし子「風の色」
第21回（1995年）応募作12編
受賞作なし
佳作：崎山麻夫「桜」／加勢俊夫「ジグソー・パズル」
第22回（1996年）応募作16編
崎山麻夫「闇の向こうへ」
加勢俊夫「ロイ洋服店」
第23回（1997年）応募作11編
受賞作なし
佳作：国吉高史「憧れ」／大城新栄「洗骨」
第24回（1998年）応募作11編
山城達雄「窪森」
第25回（1999年）応募作16編
竹本真雄「燠火」
佳作：鈴木次郎「島の眺め」
第26回（2000年）応募作16編
受賞作なし
佳作：美里敏則「ツル婆さんの場合」／花輪真衣「墓」
第27回（2001年）応募作27編
真久田正「鱬鯤」
佳作：伊礼和子「訣別」
第28回（2002年）応募作21編
金城真悠「千年蒼茫」
佳作：河合民子「清明」
第29回（2003年）応募作18編
玉代勢章「母、狂う」
佳作：比嘉野枝「迷路」
第30回（2004年）応募作33編
赫星十四三「アイスバー・ガール」

佳作：樹乃タルオ「淵《クムイ》」
第31回（2005年）応募作23編
月之浜太郎「梅干駅から枇杷駅まで」
佳作：もりおみずき「郵便馬車の馭者だった」
第32回（2006年）応募作20編
上原利彦「黄金色の痣」
第33回（2007年）応募作27編
国梓としひで「爆音、轟く」
松原栄「無言電話」
第34回（2008年）応募作28編
美里敏則「ペダルを踏み込んで」
森田たもつ「蓬莱の彼方」
第35回（2009年）応募作19編
大嶺邦雄「ハル道のスージグァにはいって」
富山洋子「フラミンゴのピンクの羽」
第36回（2010年）応募作24編
崎浜慎「始まり」
佳作：ヨシハラ小町「カナ」
第37回（2011年）応募作28編
伊波雅子「オムツ党、走る」
佳作：當山清政「メランコリア」
第38回（2012年）応募作20編
伊礼英貴「期間工ブルース」
佳作：平岡禎之「家族になる時間」
第39回（2013年）応募作33編
佐藤モニカ「ミツコさん」
佳作：橋本真樹「サンタは雪降る島に住まう」
第40回（2014年）応募作13編
松田良孝「インターフォン」
佳作：儀保佑輔「断絶の音楽」
第41回（2015年）応募作21編
長嶺幸子「父の手作りの小箱」

黒ひょう「バッドデイ」
第42回（2016年）　応募作24編
梓弓「カラハーイ」
第43回（2017年）　応募作33編
儀保佑輔「Summer vacation」
佳作：仲間小桜「アダンの茂みを抜けて」
第44回（2018年）　応募作24編
中川陽介「唐船ドーイ」
高浪千裕「涼風布工房」
第45回（2019年）　応募作22編
しましまかと「テラロッサ」

しまし　まかと

浦添市生まれ。琉球大学法文学部国際言語文化学科英語
文化専攻卒業。

テラロッサ　　タイムス文芸叢書 011

2020年2月5日　第1刷発行

著　者　しまし まかと
発行者　武富和彦
発行所　沖縄タイムス社
〒900-8678 沖縄県那覇市久茂地2-2-2
出版部　098-860-3591
www.okinawatimes.co.jp
印刷所　文進印刷

ISBN978-4-87127-269-8　Printed in Japan